KB260426

하늘을 향해 입을 벌린 사람

하늘을 향해 입을 벌린 사람
박태우 시집

초판 인쇄 | 2009년 5월 25일
초판 발행 | 2009년 5월 30일

지은이 | 박태우
펴낸이 | 신현운
펴는곳 | 연인M&B
디자인 | 이희정
기 획 | 여인화
등 록 | 2000년 3월 7일 제2-3037호
주 소 | 143-874 서울특별시 광진구 자양동 680-25호(2층)
전 화 | (02)455-3987 팩스 | (02)3437-5975
홈주소 | www.yeoninmb.co.kr
이메일 | yeonin7@hanmail.net

값 7,000원

저자와의 협의에 의하여 인지는 생략합니다.
ⓒ 박태우 2009 Printed in Korea

ISBN 978-89-6253-026-1 03810

* 이 책은 연인M&B가 저작권자와의 계약에 따라 발행한 것이므로 본사의 허락 없이는
어떠한 형태나 수단으로도 이 책의 내용을 이용하지 못합니다.
  잘못된 책은 바꾸어 드립니다.

하늘을 향해 입을 벌린 사람

박태우 시집

연인 M&B

　앞으로도 대한민국의 역사는 계속될 것이다. 세계의 역사는 계속
될 것이다. 이렇게 광활하고 영구적인 역사의 흐름 속에서 필자의
인생은 매우 유한적으로 계속될 것이다. 이것이 자연의 섭리이기 때
문이다. 그러나 필자의 정신과 문학세계는 영원히 글 속에서 살아
숨 쉴 것이다.

| 서문 |

다시 7번째 시집을 출간하면서

그동안에 6권의 순순한 시집, 그리고 정치외교, 한반도 관련 시사칼럼과 시를 모은 칼럼집 3권, 그리고 순순한 정책도서 2권을 공저로 포함하여 총 11권의 책을 출간했다.

그러나 이번에는 지난 1년 간의 지나간 필자의 가슴속에 담긴 서정의 흐름을 책에 다시 담아서 남겨야 한다는 강박관념에 많은 글들 중에서도 지난 6개월 동안에 쓴 최근의 시들만 모은 순수한 시집을 내기로 결심을 하였다.

경제적으로도 매우 어렵고 힘이 든 상황에서 이와 같은 지적인 흐름을 담고 세상의 아름다움과 모순, 그리고 이러한 흐름을 축약된 언어로 담아서 보수정권으로의 정권 교체 이후에 나름의 사회 개혁과 국가 경영에 대한 열망을 담고 우리 국민들과 나누려고 노력한 흔적들도 일부 보이지만 기본적인 관념은 보편적인 인간의 역할과 바람직한 우리들의 존재론일 것이다. 자연 속에서 서정성을 바탕으로 우리가 고민하는 것을 담으려고 부단히 노력한 필자의 마음을 전하고 싶다.

참으로 버거운 시간들이다. 지난 수년 간의 삶 속에서 나의 마음속에는 가족이라는 소중한 단어와 함께 국가와 민족이라는 역사의식이 항상 그림자처럼 자리 잡고 있었다.

그래서 불안정한 현실에서지만 지식인의 습성을 안고 가끔 산에 가고, 들에 가서 자연과 조금 더 가까이 호흡을 하고 자연과 일체가 되는 순간이면 그리 좋지가 않은 필자의 글재주이지만 이러한 느낌과 흐름을 순간의 기록으로 남기게 되었다.

책을 읽으면서, 좋은 예술작품, 문학작품을 감상하면서 마음에 오는 징한 느낌이 있으면 세련되지 못한 언어로 이렇게 조금씩 기록을 해 놓을 것이다.

내가 지난 2000년도에 시인으로 등단한 이후 많은 시와 칼럼들을 써 왔지만 이 언어들은 결코 나 혼자만의 언어가 아니었다. 동 시대를 살아가는 우리 국민들의 울부짖음이요, 나라 걱정을 조금 더 많이 하는 지식인들의 고뇌가 묻어나는 나의 고민이었다.

정치학자로서 논문을 쓰는 학계에 안주하지 않고 전방위로 대한민국 역사의 한복판에서 숨을 거칠게 뿜으면서 달려온 시간들인 것이다. 그래서 가슴이 아프고 답답한 시간들의 흐름이 계속되면 나는 순수한 서정성으로 다시 돌아와 나와 나의 존재 그리고 나와 함께 존재하는 모든 것들에 대해 나의 애정과 느낌을 담백하게 담아낸 것이다.

앞으로도 대한민국의 역사는 계속될 것이다. 세계의 역사는 계속될 것이다. 이렇게 광활하고 영구적인 역사의 흐름 속에서 필자의 인생은 매우 유한적으로 계속될 것이다. 이것이 자연의 섭리이기 때문이다. 그러나 필자의 정신과 문학세계는 영원히 글 속에서 살아 숨 쉴 것이다.

어디에서 어떤 지위에서 이 나라의 앞날을 논하고 우리들의 삶의 아름다움을 예찬할지 모르지만, 죽는 그날까지 한 점 부끄럼이 없이 그렇게 역사에 소중한 기록으로 자리 잡을 수 있도록 나의 글쓰기는 계속 될 것이다.

오늘의 나를 있게 해 준 나의 가족을 비롯한 모든 존재들에게 너무나 감사하다는 말을 전하고 싶다.

2009. 4월에
박태우

| 차례 |

하늘을 향해 입을 벌린 사람

하늘을 향해 입을 벌린 사람 6

고봉산에서 너를 보며 너의 아픔을 느끼다가
너의 얼굴이 더 커 보이는 큰 도로를 달린다
구름 속에서는 보이지 않던
너의 얼굴에 생기(生氣)와 안락(安樂)함이 보인다
더 가까이 보니
하늘을 향해서 입을 벌린 사람이
마치 아버지 어머니 같은 모습으로 다가선다
저 멀리서 볼 때 입을 벌린 그 모습
가까이서 보니
그 큰 얼굴 위에는
바위도 있고 진달래도 싸리꽃도 개나리도
하염없이 피어나 봄을 단장하고 있다
거칠게 하늘을 향해서 숨을 내 뿜던
너의 모습이 오늘을 화사한 웃음으로
새로운 옷을 입고 내 앞에 있다

2009.4.18

변하지 않는 사람들

국민들은 역사(歷史)에 등을 돌리고
벚꽃만 만개하는 시절이네
역사의 아픔을 잊은 우리가 아니라면
한반도(韓半島) 주위가 이처럼 어지러워도
나라 생각을 접고 자기만 쳐다보나
이리도 어려운 시절이던가
어떻게 이 지점(枝椄)을 건너야 하나
아무리 이리저리 둘러보아도
정답(正答)이 있는 어려운 길을 버리고
오답(誤答)이 있는 오솔길만 가는 이들
국민들이 또다시 속아야 하나
제발 메마르지 않은 양심(良心)이 있다면
진솔한 고백(告白)이라도 해야지
불쌍한 민초(民草)들과 역사 앞에 서서
못나게 거들먹거리지 말고
더 낮고 겸손한 자세로
이 나라를 힘든 국민을 걱정해야지
그래야 후손들이 행복할 거야
또다시 불행한 역사를 맞을건가
또다시 우리 코 앞에서

2009.4.14

꽃길 따라 산길 따라

북한산의 용혈봉을 바라보며
꽃길이 훤히 열리네
산길이 이미 열려 있네
봄에만 열리는 꽃길
사람이 걸어가는 꽃길
누구나 걸어가는 꽃길
산길을 따라가다 보면
절벽이 나오고
큰 나무가 가로막아
항상 갈 수 없지만
마음의 길이 안내하는
봄의 꽃길은 트여 있는 길
오늘도 꽃길 따라
내일도 산길 따라
그리 걸어 걸어가려네
용혈봉의 얼굴을 보며

2009.4.9

노란 꽃, 분홍 꽃

아름다운 그대들이여
4월이 되어서야 눈에 띄는구나
이십수 년 전에 보던 그대들인데
상념(想念)으로만 보던 마음의 꽃이
오늘에서야 만산(萬山)에 널렸구나
사람들만 보다가
그대들을 보니
생(生)에 대한 더 큰 애착(愛着)이 보인다
사람들의 마음속에 핀 꽃보다
만산의 黃 옆이요, 洪 옆이 더 크구나
내일이 오면
사람의 마음에
만산(萬山)의 그 꽃들보다
더 아름다운 꽃들이 피어야지
개나리 진달래보다 더 좋은 꽃이
마음속에 훨훨 피는 그날이
어서 그날이 와야지

2009.4.8
* 오랜만에 찾은 고대 안암동 교정에서.

하늘을 향해 입을 벌린 사람 5

새벽녘의 한기를 피해
태양이 내리쬐는 한낮에 올라가 보니
어둡던 산 정상이 더 밝고 환하다
저 멀리서 항상 나의 숨소리를 기다리던 너
그 청아한 얼굴에서 다시 묻어난 마음의 소리
밝은 태양이 그 청아한 얼굴을 비추니
그 얼굴에 검푸른 자국이 묻어나는구나
누가 묻힌 나쁜 자국인지 마음이 아프다
아마도 사람들이 묻힌 자국인가 보다
자신들의 이기적인 목적을 위해서
누구나 보고 누려야 할
너의 그 청아한 얼굴 위해
사람들이 무심코 훼손하고 뿌린
사람의 근시안적인 행위인가 보다
이래서 어쩌면 더 어두운 날
너의 마음의 상처 얼굴의 상처가
보이지 않는 그 시간을 찾아
내가 너를 더 보아야 하는가 보다

2009.3.28

사람들을 너무 믿었나요

또 비가 내리고 눈이 오는데
아직 봄이 오지 않았나요
아직도 비가 내리고 눈이 오네요

사람의 입들이 봄이 왔다고
수군거리는 소리에
사람의 말을 믿고
성급하게 꽃봉오리를 활짝 열었는데

어머나 너무 힘이 드네요
아직도 세상이 이리 춥나요
사람들은 다시 외투를 입으면 되지만
우리 꽃봉오리는 온몸으로 추위를 막아야 해요
우리가 사람들을 너무 믿었나요

눈 비 섞인 바람 눈보라 소리에
사람의 웃음소리까지 섞여서
우리 마음이 더 추워요

사람의 마음을 너무나 빨리 믿고
이리 성급히 나왔다가
너무 추워요, 너무 힘들어요

이내 이 눈비가 가고 나면
다시 봄내음이 넘치는 날이 와서
태양이 나와서 우리들을 축복할 거예요
다시 축복할 거예요

이 짧은 추위를 다시 참고
우리 꽃봉오리들을 더 넓게 쳐들고
다시 사람들과 대화하고
그들에게 즐거움을 줄 거예요
다시 그렇게

2009.3.26

솔바람 소리, 까치 우는 소리

솔바람 소리, 까치 우는 소리가 청아하다
순간 다른 소리로 각인되지만
연이어 산속에서 들으면 같은 소리다
자연의 소리인 것이다
아무도 들어주지 않던 그 소리
하구 많던 그 자연들의 소리들
이제는 이 벌판에 그 무수한 다른 소리들이 가버리고
아스팔트의 죽은 진지가 세워지고
콘크리트 숲이 나무 숲을 에워싼
이 인위의 시대에 그 소리는 귀하다
봄이 와도 봄이 온 줄도 모르고 전자파와 살고 있는 우리들
자연의 변화가 이리 빠른지도 모르고
사람들이 만든 사람들의 논리 속에
모든 것을 묻고 사는 이 험한 세상에
산자락을 오르면서 다시 듣는
저 솔바람 소리, 저 까치 소리는
우리가 들어야 할 영혼의 소리요
우리가 알아야 할 자연의 외침이다
결국은 바로 우리 자신의 소리이기에
우리가 저 소리를 들어야 한다

2009.3.23

하늘을 향해 입을 벌린 사람 4

오늘도 외로운 얼굴이구나
구름들이 너의 얼굴 위에 놀고
새 무리들도 그 위를 날고 있구나
애써서 태양 빛이 너를 구하고 있지만
그 무거운 구름이 너를 덮고 있구나
그 벌린 입을 꽉 다물고
어서 하늘 위로 승천(昇天)해야 하는데
무슨 여한이 그리 많아서
무슨 할 말이 그리 많아서
아직도 외로이 그리 누워 있는고
오늘도 외로운 너의 모습이구나

2009.3.15

저 높은 하늘을 향하여

보이지 않는 하늘
뿌연 안개가 우리의 시야도 가린다
뿌연 안개는 우리의 마음도 가린다

푸른 하늘을 창창히 볼 수 있어야
저 날아가는 새를 맘껏 볼 수 있어야
한 치 앞의 세상사라도 말할 터인데

뿌연 안개가 온 천지를 다 덮어버렸네
앞도 보시 못하고 달리는 우리들인가
항상 우리가 잘 안다고 가고는 있지만
우리들은 이렇게 잘못 보고 가고 있는 거지

이 짙은 안개가 걷히기를 바라는 마음
이 뿌연 안개가 영원히 가기를 바라는 마음
우리 모두의 소원이라네

혹자는 이 안개가 좋아서 자꾸 본다고
안개라도 있어야 추한 모습이 가린다고
그리들 호들갑 떨며 자위하고 있지만

이 안개가 완전히 걷히는 날이 와야만
비로소 우리의 진정한 행복도 올 수 있지
어서 그날이 빨리 우리에게 와야만 하는데

2009.3.4

하늘을 향해 입을 벌린 사람 3

은밀하게 다시 산 위에 오르니
그 모습을 아무도 모르나 보다
내 눈에만 내 가슴에만
그 모습이 훤히 보인다
이내 구름 위의 나라에서
구름에 가리어서
그 누구에게도 보여주지 않는 그 모습
하늘을 향해서 입을 벌린 사람
바로 그 사람이
고통스럽게 입을 세 번째로 여다
세상이 너무나 혼탁하다고
세상이 너무나 분열되었다고
누가 이 세상의 희망이냐고
나의 찡한 뇌 속으로
강한 떨림의 소리로
그의 강한 음성을 전해 온다
아직도 그 입을 다물지 않고
세상 사람들에게 끝까지 들으라고
그렇게 힘들게 큰 입을 벌리고 있으니
누가 희망이 되냐고

2009.3.1

사람들이 있기에

사람이 살고 있다는 것은 희망이 있다는 것이지요
아무리 고달픈 길이 우리 눈을 가리며 놓여 있어도
사람이 있다는 것 자체가 희망이고 꿈입니다
우리 스스로 우리들의 모습에 때로는 무거운 삶의 무게에
종종 타인으로부터의 상처에 상처투성이가 된 맘으로
아픈 흔적을 힘겹게 지우려 온몸으로 세상을 지고 가고
때론 우리 주위의 많은 사람들을 애써 부정하지만
하지만 큰 고통 끝자락엔 그래도 사람들이 있기에
이 지구에 이 우주에
아름다운 사람들이 있어 항상 희망이 있지요
사람이 살고 있기에 항상 희망이 있을 것이지요

2009.2.27

양심(良心)

사람들이 이리 명동 거리에 선 것은 멸종된 양심을 보기 위해서다 돈이 많아서가, 권력이 높아서가 아니고 양심으로 살다간 삶이기에 이리 많은 사람들이 물질주의와 편의주의에 치고 묻힌 양심을 찾으러 마음의 상처를 안고, 존경하는 순수성을 다시 마음에 급히 주어 담고 몇 시간씩이나 그 마지막 흔적을 보기 위해서 줄을 서 있는 것이다 우리 모두는 이 혼탁한 사회에 필요한 빛과 소금이 되기 위해서 그분의 혼을 담고 양심을 다시 바로 세우고 양심의 삶을 살아야 한다 말로만 하는 위선적인 민주주의는 이렇게 우리 주위에 널려 있지만 제대로 된 양심을 실천하는 우리라면 이보다 더 훌륭한 삶을 살아야 한다고 김수환 추기경이 평생을 외치다가 간 양심적이고 정의로운 삶이 그분의 선종을 계기로 우리 모두의 양심으로 다시 착근해야 한다 대한민국의 진정한 민주주의는 이때서야 제대로 소생할 것이다 이것은 우리 모든 국민의 신성한 의무요 우리의 미래인 것이다

2009.2.18

사람 위의 나라

오늘은 구름이 완전히 걷히었네요
사람 사는 세상이 빤히 보입니다
산을 헐고 인공물(人工物)을 만드는 저 지구의 모습들
구름 위의 나라에서 사람 위의 나라로
우리의 시야(視野)가 한없이 넓혀지면서
세상 사람들의 삶이 가까이 다가오네요
차라리 예전의 구름 위의 나라가 좋을 것을
사람 위의 나라로 향해 발가벗은 모습으로
하늘만 보고 살다 지상으로 내려오니
사람 사는 향긋한 냄새가 있어서 좋지만
땅 위의 숨 쉬는 소리가 둔탁하기도 하니
내 마음 어디에 깊이 두어야 할 것인지요
이제 당분간 이 치열한 인공물들의 얽힌 사연
사연들의 복잡한 구조물 속에 나를 더 묻어
이 세상의 모순을 고치려고 애쓰다가
이 심신이 고단하고 지치면 언제든지
다시 나 스스로 내 마음속의 나를 만들어요
아무 근심 없었던 구름 위의 나라를 만들어서
이 지친 심신(心身)을 달래고 하늘에 기원하렵니다
이렇게 저렇게 가는 시간이지만
사람 살아가는 아픔을 담아내지 못한

우리들의 현란한 몸동작이 무슨 의미인지
그 의미를 깨닫지 못한 그 얼굴은
하늘을 향해서 입을 벌린 그 얼굴은
오늘도 가쁜 숨을 몰아쉬면서
이 세상의 모순(矛盾)을 삼키고 있지요
아주 거칠고 힘겨운 모습으로
이 세상의 모든 모순을 삼키고 있지요

2009.2.16

하늘의 소리

훠어이 훠어이
하늘의 분노가 세차다
하늘을 향해 외치는 인간의 절망의 소리가
거센 분노로 이렇게 세차게 돌아온다
이 소리는 분명히
그 누구도 들어 보지 못한 하늘의 소리

그 소리를 나르는 거센 바람에
몸을 맡기고 춤을 추는 은빛 나뭇잎들
하늘의 분노를 타고 향연을 벌이고 있네
그것도 그들의 짧은 삶일지건만

어느새 하늘의 분노도 약해지어
이렇게 연약한 나뭇잎의 몸짓에는
연약한 율동을 만들어 주며 기뻐하고 있네

세상이 다 나쁜 것만은 아니지

어제 정답게 날아가던 새는 보이지 않고
하늘에서 내려오는 분노만이 으르렁거리며
이 촉촉한 대지 위에 바람을 몰고

둥그는 빗방울로 힘없이 떨어지네
보드런 봄 비가 적시는 이 땅에선
하늘의 분노를 모르는 사람들만
다시 무거운 사람들의 삶을 이야기하지

언젠가는 다들 벗겨질 흔적 없는 짐들일진대
왜들 그리 힘들게 서로를 사랑하지 못하고
사욕(私慾)만을 위해서 살아야 하는지
사명(司命)을 위해서 사는 삶이 이리 어려운 것도
많은 이들의 사욕만을 위한 삶이 더 크기 때문이지

그래서 하늘이 분노한 것이야
이리 내리 뿜는 강렬한 분노의 바람소리에
몸을 맡기면서 춤추는 나뭇잎도
결국은 이 땅에 떨어지는 것이야

결국은 다 어디로 가는 것이야
하늘의 분노도 모른 채

2009.2.13

어둠 속을 질주하는 사람들

세우는 소리마저 둔탁한 아침 세상이다
앞이 막힌 안개 속의 고요의 나라에
이른 새벽녘부터 사람들이 질주한다
어디로들 그리 바삐 가는지
쏜살같이 가파르게 달려들 간다
앞이 잘 보이지 않는 상황에서도
어디론지 쏜살같이 달려간다
그들의 마음속에 무엇이 있나
각자의 마음속에 있을 그 무엇
그 무엇이 그리도 영원한 것인가
그 무엇이 모두에게 좋은 것인가
이리 어두운 새벽에도
사람들은 그 어둠을 이어 둘러메고
어디론가 쏜살같이 질주하고 있다
이리 어두운 새벽인데도

2009.2.12

날아가는 기러기

누굴 찾아가나
무리를 지어서 저곳으로 가는 새들
아직 어둠이 있는 그곳에
누굴 보려고 저리 서두르나

보고 싶은 사람이 있어서 가나
급히 할 일이 있어서 가나
저리 급히 갈 곳이 있는 기러기들
그대들의 어울림이 아름답다

우리 사람들은 항상 바삐 다니지만
어디로 우리가 가는지도 모르고
종국에는 쓸쓸히 죽음을 맞기도 하지

어울려서 살아가는 그대들이기에
함께 이 어둠을 날아갈 수 있는 것이지
두려움을 나누어 날려버리고

우리 사람들도 과한 욕심을 앞세워
외로이 홀로 날아가지 말고
저리 정답게 무리를 지어 날으면

우리들의 삶의 의미가 더 커지는데

아쉬운 마음에
저 높은 하늘만 바라볼 뿐이지

2009.2.10

하늘을 우러러보아도

하늘을 우러러보아도
어두운 어둠만이 널려 있네
세상을 보고 싶어
고개를 들어 하늘을 우러러보아도
내 눈에 보이는 것 아무것도 없네
아무것도 없는 세상은 아닌데
고개를 빼어 하늘을 우러러보아도
내 눈앞에는 어두는 어둠뿐
지금 보이는 것이 없네

2009.2.4

하늘을 향해 입을 벌린 사람 2

너의 그 장엄한 얼굴을 본 지가 언제였던가
다시 그 산 정상에 올라 저 먼 발치서
고이 누워 있는 너의 곱고 장엄한 얼굴을 보니
왠지 오늘 너는 가쁜 숨을 몰아 내리쉬고 있구나

다시 너에 대한 기억이 지워지려는 순간
이내 나의 발걸음이 나를 어지간히 재촉하여
한파를 뒤로하고 이곳 정상에 가파르게 오르니
너는 여전히 그곳에 그 아름다움으로 누워 있지만

하늘을 향해서 뿜어내는 너의 숨소리가
오늘 따라 매우 애달프고 가쁘게 느껴지는구나
아마도 오늘은 너의 깊은 숨소리가 누굴 부르나 보다
어제 부르지 못한 그 누구를 그리 애타게 부르나 보다

산과 들과, 이 나무들, 이 뭉게구름들 속에서
가장 아름다운 이 태양의 빛이 너를 적셔주어도
산들바람이 너를 그리 부드럽게 만져주어도
왠지 가쁜 숨을 몰아쉬는 너의 어설픈 얼굴이 빨리 다가온다

너의 그 어설픈 모습이 우리들의 삶의 언저리에도
그 많은 인파와 차량 속에서도 여기저기 널려 있구나
세상 사람들에게 무엇인가 말하고픈 그 얼굴을 뒤로하고
내 가슴은 이내 다시 나의 삶 속으로 들어와 있지만
너는 지금도 나의 귓전에서 누굴 그리 애타게 부르나 보다

2009.2.1

우리 우리 설날은

오늘도 하아얀 눈송이가 날리는
새벽 기운으로
다시 나무들을 찾아 나섭니다

오늘은 구름 위의 나라가 아니라
온 산하(山河)가 하얀 눈 위의 나라가 되었네요
"까치 까치 설날"이라고
울어대는 까치들의 소리가
온 산에 우렁차게 울립니다

산행 길을 가로막고
한 마리의 까치는 환한 웃음으로
나를 따라오면서
"까치 까치 설날"이라고 수십 번 외칩니다

바람소리, 나뭇잎 소리에
까치의 노랫소리도 더 경쾌합니다
"까치 까치 설날"을 위한
이 자연의 축복도 눈꽃 위에서 더 위대합니다

이런 시간엔 까치가 말하네요
"선생님! 항상 뜻을 바르게 하고 사는
우리들의 마음이
이 세상에서 가장 아름답지요."라고요

이 '기축년' 설날 이후
왠지 스스로 영(靈)을 위한 행복한 마음으로
이 세상을 보면서
우리 자신들의 내면세계를
더 생각할 것입니다

2009.1.24

봄바람

봄바람이 분다
을씨년스런 저 먼 계곡에서부터
부드러운 봄바람이 불어온다
아직 엄동설한(嚴冬雪寒)의 끝이 보이진 않는데
향긋한 봄바람이 불어온다

계절이 만난 봄바람이 아닌가 보다
봄을 기다리는 마음이
기다림에 지쳐서
시간과 공간을 초월하여 만난 바람인가

이내 땀을 닦고
다시 굳은 목을 들어 하늘을 보니
구름 낀 하늘이 아직은 봄이 아니라고
고개를 흔들고 좌우로 손을 저으며
다시 거센 삭풍(朔風)을 내게로 보낸다

아직은 봄바람이 아닌가 보다
언제나 봄바람이 불려나
오늘이 아닌 내일이지만
그 내일이 언제일런지
아무도 말해 주는 이가 없구나

2009.1.22

까치 엉덩이

아무도 볼 수 없는 그 은밀한 엉덩이
그 까치는 오직 나에게만 보여준다
이른 아침 산사람이 잠시 되어 잠깐 속세를 떠난
가련함 마음으로 새들의 자잘거리는 노랫소리를
즐거운 마음으로 친구 되어 듣는 사람에게
그 까치는 자기 친구라며 나에게 모든 것을 보여준다

이내 밝은 태양이 솟아오르면
푸른 하늘만 보이던 어제와 달리
온몸으로 까치가 나에게 친구하자고 하니
이제는 그 거룩한 우수의 얼굴이 보인다
아무리 보려고 해도 보이지 않는 그 얼굴
내가 마음을 내려놓고 모든 것을 내려놓고
바르고 옳은 마음으로 선한 갈증으로 바라보니
바로 그곳에 그 거룩한 얼굴이 보인다

땅에서는 까치 엉덩이요
하늘에는 하나님의 형상이라
진리로 다가서니
마음을 비우니
이렇게 세상은 고요한 것이라

2009.1.19

경계선 위에 서 있는 사람들

저쪽 세계 속으로 청아한 마음으로 걸어간다
영원히 그렇게 마음의 짐을 모두 다 내어놓고
우리가 걸어가는 이곳 경계선을 완전히 벗어나
서로를 미워하고 사랑하는 경계의 세계
욕심을 부리고 더 가지려는 경계의 세계
그 시퍼런 마음의 짐을 잉태하는 경계선을 벗어나
안개가 자욱하게 낀 또 다른 경계선 위에 서 있다
세상의 모든 사람이 만든 논리와 기대를 다 버리고
한 차원 높은 정신세계로 다시 들어가면
경계선 위에서 고민하는 사람들의 아픈 마음도
경계선 위에서 즐거워하는 순간의 기쁨도
우리 모두 다 잊어버리고 완전히 잊어버리고
마음의 평화와 평온만 있는 곳으로 갈 터인데
진공상태의 아름다움만 보며 바보 같은 얼굴을 하고
시퍼런 경계선을 두서없이 숨가쁘게 넘어갈 터인데

2009.1.16

달을 보는 마음으로

모두가 잠든 새벽녘에
달을 보는 나의 마음이 차갑다
어제 울던 닭 우는 소리가
오늘은 차가운 달빛에 부딪치며
이리저리 일파만파(一波萬波) 갈라진다

세상이 고요한 이 시간에 자리를 지키고 있는 달
이내 말없이 홀로 갖고픈 저 달
저 달의 청아한 맑은 모습 속에
나의 마음 너의 모든 마음이 묻어 있다
그 차가운 달빛에 사연 많던 마음도 얼어 있다

동이 트는 새벽녘에 다시 보니
그 맑고 밝던 달빛이
기어오르는 태양의 움트림에 자리를 내주자
이내 한 쌍의 새가 그 자리를 가로질러 날고 있다
새털 퍼덕이는 움직임에 밝은 달의 청아한 냄새가
가로질러 나의 코로 다가온다

다시 나의 달을 보는 마음이
어둠 속에 한기를 느끼면서 새소리에게 건너간다

여운(如雲) 속에 달을 보는 마음이
오늘 따라 을씨년스럽게 얼어 있다
우리가 갖지 않은 무한한 가능성을
갖고 있는 더 밝은 달이 되어
내일 또 그 자리에 그렇게 오기 바란다

우리 마음도 풍성해지는 저 달의 모습에서
우리가 남기고 온 유년 시절의 꿈과 이상
사람들의 노랫소리가 다 함께 묻어 있지만
삭풍(朔風)을 안고 뒤안길로 사라진 너의 모습이
몸살을 앓고 있는 지구촌에 어울리지 않는다
단지 너는 그곳에 그렇게 존재할 뿐이다

2008.1.11

거짓 평화의 노래

누가 누굴 위한 평화의 노래이던가
CNN, BBC World 모두 죽음과 평화를 말한다
폭력(暴力)을 위한 폭력이 아니라고
사람을 죽이고 평화를 말하는 우리들
550명의 생명이 죽어가는 이 참화 속에서
평화론자들이 하마스를 논하지만
우리들의 의식이 갖는 평화는 무엇인가
평화를 위한 모든 위의 평화가 되어야
참으로 사람을 섬기는 평화가 되어야 한다
사람의 목숨이 없어진 소식이 없어야 한다
사람들이 평화를 말할 수 있지만
악(惡)과 선(善)을 구분하는 경계선에서
얼마나 치열한 고민을 하고 있는지
어디가 우리 선한 인간인식의 끝인가
통제를 해야 할 우리 문명(文明)의 한계는
영영 대결(對決)과 갈등(葛藤)으로 갈 것인가
인류의 역사가 항상 불공평한 역사이었지만
21세기의 역사는 다 같이 공존(共存)해야 하는데
어디서부터 잘못된 것인가
공존(共存)과 상생(相生)의 노래는
한반도에서나 저 중동의 가자 분쟁지역에서나

항상 자기만을 위한 구호로 끝나고
전쟁으로 죽어간 수백만의, 수백의 생명은
또 그렇게 합법화된 평화 수호의 이름으로
억울하게 역사의 언저리에 묻히는 것인가
사람의 목숨이 파리 목숨처럼 희생되며
이리 저리 굴러다니는 세계에서
사람들이 외치는 거짓 평화는
말만의 평화이지
우리 모두가 동의하는 평화는 아닌 것이다

2009.1.7

지지배배 지지배배

무더운 한여름 저 깊은 계곡에서
들려야 하는 새 울음소리
오늘을 엄동설한(嚴冬雪寒) 새벽녘에
사람이 사는 중산골에서 들리네
자주 듣던 그 소리
지지배배 지지배배
지구 온난화로 시간의 흐름도 잊은 새들인가
사람들의 기계화로 감각도 잃은 슬픔인가
지지배배 지지배배
오늘 이렇게 실컷 울어대고
정작 올 한여름에 네가 울지 않는다면
얼마나 슬퍼하는 사람들이 많을꼬
아무리 생각해 보아도
그것이 걱정인 것이다
너의 울음소리를 듣지 못할
그 어여쁜 사람들이 걱정인 것이다
그 가냘픈 사람들이 걱정인 것이야

2009.1.6

하늘을 향해 입을 벌린 사람 1

누구 눈에 그것이 보이던가
아무리 많은 사람들이 저 산 언저리를 보아도
그저 평범한 산(山)의 모양이어라

많은 겹겹의 인연(人煙)들이 그렇게 그곳을 보았어도
하늘의 마음이 닿지 않는 곳에는
그저 평범한 산(山)이었더라

언제부터인가 자신의 소의(小義)를 버리고
하늘의 뜻을 가슴으로 품으며
세상의 진리(眞理)를 논하고 정의(正義)를 말해 온 사람
바로 그대가 아니었던가

그대 가슴의 눈이 이 혼탁한 세상을 슬퍼하면서
문득 그 자리에서 총총히 하늘을 보며
구름이 깔린 저 산 정상을 보니
대한민국 역사의 아픔이 흐르는구나
평범한 삶들의 원혼(寃魂)들이 바로 그곳에 묻혀 있구나

너의 형상(形象)은 평범한 산이 아닌
평범한 대한민국의 산하(山河)가 아닌

하늘의 뜻을 기다리는
하늘의 깊은 뜻을 달라는
간절한 염원의 기도를 되뇌이는 고뇌의 얼굴
항시 누워 하늘을 향해 기도하는 모습이어라

2009.1.5

또 보고 보니

이 세상의 모든 만물(萬物)들이 사람과 무엇이 다르랴
뜻을 바로하고 사는 사람이 가장 아름답다고
위선(僞善)과 치장을 버린 순수가 아름답다고
그렇게 그 오랜 세월 그대 홀로 외치고 오더니
급기야 하늘의 마음이 너의 마음이 되었구나

너의 마음이 얼마나 아팠으면
너의 이민족을 위한 기도가 얼마나 깊었으면
하늘을 우러러 입을 벌리고 편안히 누워
간절한 사랑의 기도, 구원(救援)의 기도를
오매불망(寤寐不忘) 간절하게 그렇게 하고 있었던가

벌써 얼마나 되었나
수십억 년 전부터
아니 지구가 생긴 이후로
너는 거기서 그렇게 편히 누워
하늘의 마음을 얻으려고
간절한 사람의 마음을 무던히도 기원하고 있구나

사람의 마음이 문제로다
자기들밖에 모르는 인간들의 마음이
어찌 이 큰 흐름을 볼 수 있단 말인가
어찌 이것을 소탈하게 볼 수 있단 말인가
항상 탐욕(貪慾)으로 저려진 사람이 문제로다

2009.1.5
* 기축년 새해를 여는 신년 축시.

구름 위의 나라

저 먼 구름 나라에는 근심도 없겠지
반짝이는 태양만이 있겠지
행복만이 있겠지

나무와 풀이 공존하는 이곳
사람의 나라에는 근심이 많아
사람들이 많이 힘들지만

저 구름 위의 나라에서는
걱정 근심이 없이
영원히 사는 존재들만 있겠지

오늘 이 찬바람 부는
고봉산 정상에도
사람들의 한숨소리
크게 들리지만

저 멀리 보이는 태양 아래
구름 위의 나라에서는
걱정 근심이 보이지 않네
웃는 얼굴들만 보이네

나의 힘으로 갈 수도 없는 줄 알지만
눈으로라도 보고파
오늘 새벽에도
나는 산 정상에서

저 구름의 나라를 보며
사람 사는 세상이
더 평안하길 기원하네

하나님의 손길이
미치는 이 세상을 위해
간절히 기원을 드리네

2008.12.29

영혼(靈魂)을 전하는 소리

태고(太古) 적에도 이 소리는 있었으리
이육사가 광야(廣野)의 노래를 부를 그 시절에도
이 엄청난 외침은 변함없이 있었으리

나라 잃은 외침이
백성들의 영혼을 깊이도 울렸으리

오늘 2008년을 보내는 이 길목에서도
하얀 눈이 내리는 새벽 기운을 가르며
이 영혼을 깨우는 소리는 여전히 그곳에 있네

이 소리는 봉황(鳳凰)의 소리도 아니요
호랑이의 소리도 아니요
새벽을 알리는 새벽의 닭 우는 소리라

그 평범한 울부짖음 속에는
우리의 평범한 영혼을 깨우는 자연의 부르짖음이
일파만파(一波萬波) 전국 방방곡곡으로 흐르네

아! 그 소리
아! 그 엄청난 소리

그 영혼을 깨우는 소리에
문득 놀란 나의 지친 영혼은
다시 몸을 추스르고
사연 많은 2008년을 보내고 희망의 2009년을 맞으리

2008년도의 아픔은 뒤로하고
2009년도 희망을 다시 품고 맞으리
그 닭 우는 소리처럼 그저 평범한 마음으로
하늘을 우러러 부끄럼 없는 마음으로
그렇게 맞으리

그 소리는 항상
그 누가 부르지 않아도
항상 변함없이 그 자리에 그 시간에
범인(凡人)들의 영혼을 달래며 울고 있네

그 영혼을 깨우는 소리가
그 평범한 영혼을 깨우는 소리가
삶에 지친 사람들의 아픈 영혼을 달래려
오늘도 어김없이 그 자리에서 항상
평범한 언어로 새로운 희망을 말하고 있네

2008.12.23

솔바람 소리

오늘은 청아한 솔바람 소리가 들리네
어제도 그제도 솔바람 소리보다는
마음을 아프게 하는 사람소리가 들리더니
성냥갑처럼 얽힌 사람 숲에서 사람소리만 나더니
오늘은 그 천연덕스런 사람 소리를 제치고
힘겹게도 그 무거운 문명의 소리를 몰아내고
자연의 소리인 청아한 솔바람 소리가 들려오네

이제 나도 이 나무들과 조금은 친구가 되나 보다
이 청아한 솔바람 소리를 들어도
마음속에 가슴속에 사람 속에
우리 마음속에는 문명(文明) 속의 일들이
나의 마음을 사로잡고 괴롭히고
이미 이 복잡한 관계 속을 떠날 수 없는 우리들

그나마 솔바람 소리라도 들리는 것은
그 구조(構造)를 떠날 수가 없을지라도
흔들리고 상처받은 마음을 비우고
사람 속에서 상처받은 영혼(靈魂)이라도 치유하라는
저 하늘나라에 계신 하나님의 목소리인가

사람의 소리보다도 문명(文明)의 소리보다도
때 묻지 않은 솔바람 소리가
더 크게 더 멀리 더 가득히
내 몸속으로 들리길 오늘도 바라네

2008.12.22

새벽 닭 우는 소리에

새벽에 닭이 울지요
항상 동이 트는 무렵에
사시사철 변치 않고
그 새벽 닭은 그렇게 울지요

우리 마음은 항상 변하여
어느 날 그 소리가 들리고
어느 날엔 그 소리가 들리지 않지요
그런데도 항상 새벽 닭은 울고 있지요

어떤 때는 그 소리를 잊어버리고 살다가
때론 새벽 닭 우는 소리가 그립지요
사람의 마음이 세상 것에 상처받으면
잠시 다시 뒤돌아보지요
새벽 닭 우는 소리를 듣고 싶어

하늘을 우러르면서
저 어둔 하늘 속에
무엇이 있나 허리를 펴고
그 소리를 기다리지요

그 소리는 항상 그곳에 있지요
마음의 소리는 항상 다르지만
그 소리는 항상 그곳에 있지요

내일은 오늘과는 다를 것이란
믿음으로 하늘을 보면서
우리는 새로운 닭 우는 소리를 기다리지요

사람의 마음이 그렇게
항상 거기서 우는 바로 그 소리를
다르게 해석하시요

내일도 새벽에 닭이 운다는 기대에
우리가 세운 껍질 속의 관념, 사상, 가치 앞에
하루 종일 허물어져 있다가

새벽이 되면
그 청량한 소리로
다시 원초(原初)적인 우리 자신을
순간이나마 발견하지요

2008.12.18

까치 우는 소리 들리니

이제 까치 우는 소리가 들리는구나
이산 저산 저 지구 넘어 달나라까지
이제 까치 우는 소리 들리는구나
언제나 들을지 노심초사하며 기다린 시간들
저렇게 많은 까치들이 아침녘부터 울어대니
삶이 고달파도 아름답다는 생각을 한다
어제는 까마귀 소리가 이젠 까치 우는 소리
저 멀리 안개 속을 가로지르면서
그 소리가 청아하게 이리로 오는구나
이제 까치 우는 소리 들리니
오늘보다 내일이 더 밝구나
우리 모두의 노랫소리를 들으니

2008.12.9

하아얀 옷을 입었나요

녹색(綠色)이 좋다고 그렇게 버티더니
이내 가을 틈에 노오랗게 색이 바랜 틈을 건너
오늘은 하얀색 옷을 듬뿍 입었네요

자주 입는 옷은 더더욱 아닌데
녹색의 옷으로 일 년을 거의 버티다
노오란 색으로 변하더니
이내 하아얀 옷을 입었어요

이것이 세월(歲月)이라는 것이지요
눈물도 흐름이 없이
살아야 하는 세월이지요

내일 봄이 안 와도
오늘은 그냥 이렇게 하얀 옷이 좋아요
마음이 담백한 하아얀 옷이 좋아요
오늘은 그냥

2008.12.8

그렇게 기다린다는 것이

그렇게 기다린다는 것이
얼마나 힘든 일인지요
하루를 백 년같이
그날이 오기를 기다리는 것이
뼈가 부서지도록 힘이 들지요
더 나은 세상
더 나은 희망을 안고 살아가는
오늘의 모든 사람들이
기다린다는 것이
더 좋고 나은 세상을 바라는 것을
유일한 기쁨으로
오매불망(寤寐不忘) 기다린다는 것이
얼마나 힘이 든 일인지요
그렇게 기다리는 마음
거창하게 역사(歷史)라고 할 것도 없이
그냥 이렇게 소박하게 기다리는 마음
오늘보다는 내일이 좋다는
소박한 믿음으로
오늘을 살아가는
이 땅의 모든 존재들이
마음을 비우고 그냥 기다린다는 것이

얼마나 힘이 든 일인지요
하늘만이 알지요
이 세상이 어디로 갈 것인지
미미한 움직임으로
조그마한 힘을 보태어
우리가 할 수 있는 일이
아직은 있다는 것이
그래도 우리를 위로합니다
그렇게 기다리는 것이
얼마나 힘든 일인지요
이 추운 하늘 아래서
봄을 보지만

2008.12.5
* 이 시는 굶주리고 탄압받는 북한 동포에게 바치는 시입니다.

유리상자

안개가 끼면 답답해요
한 치 앞이 안 보이니
우리의 앞날이 궁금해요

안개가 걷히고
밝은 태양이 솟아오르면
유리상자처럼
모든 것이 투명해지죠

우리들의 삶도
유리상자처럼
투명하고 정직한
굴레에서 맴돌아야 해요

그렇지 않으면
스스로를 속이며
안개 속에서 살면

답답한 마음으로
나를 속이고
남을 속이며
헛된 삶을 살지요

산에서 피는 안개가 때론
우리들의 마음을 적시어도

우리들의 삶은
유리상자처럼
투명해야 해요
정직해야 해요

2008.12.4

한강의 검푸른 물결

그 검은 얼굴 속에 뭘 담았니
고난 많던 세월의 짐
어느새 다 내려놓고
지금은 유유자적(悠悠自適)인 양 놀고 있는 너

그 검푸른 물결 속에 뭘 담았니
어제는 기다림 오늘은 아픔
그러면 내일은 희망일까
그렇다고 움직이는 너

그 깊은 마음속에 뭘 담았니
어제는 사랑 오늘은 희생의 마음
오늘을 견디는 것이 쉽지 않다는
너의 몸짓이 거세구나 오늘 따라

그 검푸른 물결 속에 겹겹이
내일은, 모레는
우리 모두의 기쁜 마음을 담아
저 서해바다로 나가 다시 北으로 가서
절망과 아픔에 젖은 북녘 동포에게 주렴

한강의 검고 푸른 물결들아

2008.11.28

어둠이 걷히면서

오늘 아침
어둠이 찬찬하게 걷히면서
너는 너의 모든 모습을 보여주었지

언뜻언뜻
새벽 달빛에 비추어진 너의 모습은
두꺼운 옷을 입고 단단한 노랫소리도
들려주고 있었지만

가을을 보내고
슬피 울던 너의 목소리가
어느새 새벽 닭 우는 소리도 들리니

차라리 어둠이 걷히지 않는 것이
너를 위해서 더 좋으련만

막상 오늘 모든 어둠이 걷히고
앙상한 나뭇가지만 남은
너의 모습을 보니

칼바람에 뼈대만 나부끼는 너에게
가을 칼바람도
너를 불쌍히 여기어

오늘 만큼은 잔잔한 속도로

너를 에워싸고 있네
아주 천천히 다가오면서

차라리 어둠을 그냥 안고
달빛 밑에 그을리던
너의 희미한 모습이

우리네 사람들의 눈에
더 정겹게 들어올 것을

지금 모든 것이 다 가고
대명천지(大明天地)의 땅 위에
홀로 서 있는 너의 모습

춥다고 해야 하나
시원하다고 해야 하나
너에게 언제 봄이 올 것인지
오늘은 그 이야기나 하자구나

분명 너에게 다시
따듯한 봄이 온다고
그것이 우리의 희망이니까

2008.11.22

앙상한 축제(祝祭)

노오란 죽음이 쌓이네
겹겹이 쌓이네

도로 위에도
우리 마음 위에도
수북히 쌓이네

죽음을 뿌리는 나무의 마음은
앙상한 축제를 잉태하는
구도자(求道者)의 심정

마지막 생명이
나뭇가지에 붙어
떨어지지 않으려
애를 써 보아도

한파(寒波)에 묻어난
비바람에
힘없이 떨어지네

어제는 너를 뽐내며
색색이 옷으로
나를 유혹하더니

시간이 가고 오니
변하지 않는 것이 없네

우리네 삶도
이와 같은 것

우리는 항상 그렇게
앙상한 축제를 준비해야지

2008.11.18

달아! 너는 어디로 갔니?

고운 너의 얼굴 비추던
어둠이 걷히니
너의 고운 얼굴 어디로 갔니
세상의 변화와 거리를 두고
항상 같은 모습으로
그 시점에
그곳에서 지구를 비추는 모습
너의 모습이 변하는 것이 아니라
우리 사람들이
긴사히게 항상 변하는 것이지
달아 너는 이곳에서
이 새벽에
10년 전이나
100년 전이나
1000년 전이나
1년 전이나
같은 모습으로
같은 빛을 주고 있구나
단지 받아들이는
사람들만 변하고 있구나

아름다운 달아!
너는 다시 그 모습으로
그 어둠에
그 안개를 이고서
그 시간에
다시 나를 찾아와
변하는 나를 탓할 것이야
달아!

2008.11.14

가을의 꽃

고개를 들어 푸른 창공을 보니
형형색색(形形色色) 꽃이 보인다
어제는
검은 구름만 보이던 하늘
오늘은 하늘이 말끔히 개고
화려한 꽃들이 보인다
세상은 밝아서
우리를 오라 손짓하고
서울 하늘의 검은 무게는
아직도
얽혀진 사람들 사이에
우리를 머물게 하니
언제나
마음 편히
이 가을을 만날꼬
내일이면
가을도 다 가는데

2008.11.12

겨울이 오는 소리

우리 모두 하나이네
너 소나무 빠지고
너 굴참나무 없으면
내가 더 외로워지리
그냥 너의 옷색만 바래도
단풍이란 이름으로
너를 죽여가도
가을이 다 가고
겨울이 오는 소리가
이렇게 저렇게
지천에 온누리에
여기 저기 널려 있네

2008.11.2
* 고봉산에서.

아! 산하야

세상이 아무리 고달파도
하늘 아래 넘실거리는
너의 모습을 보니
백운계곡에 숨은
너의 자태를 보니
이리 큰 다정함으로
나의 가슴을 적시네
삶이 고달프고
이 험난한 세월이
나를 등질지라도
오늘 너를 보는 이순간은
그냥 감동으로 널 보고
상기된 널 볼 수가 있어
세월이 가도
산천이 변해도
마음이 이리도 맑구나

2008.10.31
* 백운계곡을 지나며.

이제야 왔니

된서리 내리는 가을에
여기저기 둘러보며
너를 찾았건만
이제야 왔구나

바로 그 자리에
있었어야 하는 너이기에
다른 자리에
비슷한 모습이 와도
마음에 와 닿지 않더니

급기야
이제야
네가 그 자리에 돌아와
아주 곱게 서 있구나

바로 그 자리에
네가 아닌
다른 국화가 서 있었다면

같은 국화를 보고도
나는 그리 반갑지 않았으리
전혀 반갑지 않았으리

바로 그 자리에
바로 네가 서 있기에
알게 모르게

가을이 온 깊은
그 이유를 알겠구나

찬바람 부는 늦가을까지
그 기상 잃지 말고
끝까지 견디어 주렴

그것이 나의 소망이기에

2008.10.27

어제와 다른 세상

이른 새벽녘에 거닐면
어제와 다른 세상이네

싱싱하던 존재들이
다 힘없이 수그러들고

푸릇하던 색들마저
황혼으로 지고 있네

우리에게 희망이 없다면
이 황혼곡에 절망하지만

이 가을, 겨울 뒤에
우리를 기다리는 봄이 있기에

이른 새벽에도
새로운 희망을 주는 것이지

어제와 다르다고
낙담하지 말고

오늘에서 내일을 보는
하늘의 마음을 가져야지

2008.10.24

강변에서 만난 사람

오늘 이른 새벽
강변에서 만난 사람이 있네
초췌한 눈빛으로
세상을 비관하던 그 모습에
강변의 모든 존재들이 숨을 죽였네
사람의 내음새를 풍기었네
연인들의 향긋한 향이 아닌
더러운 냄새를 풍기던 그 사람
세상의 풍파(風波)를 이기지 못하고
강변에서 초라하게 쓰러진 그 사람
아무도 보지 않는 그곳에
갈대 숲을 천막 삼아
하늘을 베게 삼아 누워
그렇게 세상을 보고 있었다네
아무리 좋은 소식이 들려와도
이제는 그저 다른 이들의 축복이지
그 사람과는 상관이 없다고
투덜거리던 그 사람
그 사람이 쉴 곳은 어디인가
나의 마음도 받아주지 못하고
너의 마음도 받아주지 못하고

그저 지켜만 보고 있는
방관자(傍觀者)로 전락한 우리들이라네
오늘 웃는다고 내일도 웃는가
오늘 운다고 내일도 우는가
이리 빨리 스치는 세월을 보니
강변에서 가을을 버리고 가는
저 한강물의 차가운 기운(氣運)만큼이나
이내 그 사람은
우리들에게 차가움을 느끼고 있네
이제 이 가을은 더 이상
그에게 줄 것이 아무것도 없네
그도 젊었을 때엔
가을이 오면
오색찬란함 속에서
가을의 선물을 받고
마냥 기뻐했었지만
이젠 어제의 그 가을도
그에겐 아무런 위안이 되지 못하네
삶의 버거운 짐만 지고 있으니

2008.10.22

너도 욕심이 있었구나

나는 네가 항상 마음을 비운다고
오매불망(寤寐不忘) 믿고 있었지요
그저 푸른 하늘만 벗 삼아서
너의 맨몸뚱이를 선보이며
남들이 널 보고 즐거워하면
너는 그것으로 만족하는 줄 알았지요
그런데 어느 날 네가 갑자기
그렇게 소박하게 살던 네가
노란 목도리를 도도하게 목에 두르고
너를 힘껏 뽐내는 그 모습에서
나는 네가 욕심이 있는 것을
아주 갑작스럽게 알았지요
내가 잘못 본 거지요
네가 욕심이 있기에
바로 그 희망으로
아무도 보아주지 않아도
푸른 하늘을 벗 삼아
그렇게 그 자리에 있었던 것이지요
너의 욕심을
아주 꼼꼼히 숨기고서

2008.10.21

그래도 근본은 있어야지

세상이 거꾸로 도는 모양이다
가짜와 진짜가 거꾸로 도는구나
근본도 없는 가짜들이
빈껍데기들이 어제도 오늘도 아마도 내일도
이 골목 저 골목에서 나라와 민족의 이름을 팔아
명예장사, 돈장사, 권력장사로 하세월을 보내니
백성들의 주름살은 늘어나고
나라의 근본이 흔들리는구나
어제는 저곳에서 오늘은 이곳에서
양심(良心)을 파는 사람들이
어서 없어져야 하는데
그래도 근본은 있어야지
나라가 편치 않은가
어제의 아픔을 잉태한 사람들이
오늘 아직도 반성 않고
자신들만 옳다고 하던가
근본이 있는 사람들이
어서 '위민론'을 펴야지

2008.10.15

즉흥 시 하나

그들이 아름다워 보일 때까지
저 들판의 존재들이 아름다워 보일 때까지
얼마나 큰 인고(忍苦)의 세월을 견디어 왔던가
삭풍(朔風)이 널려 있는 혼돈의 암혹기(闇惑期)에
저 차디찬 땅속에 희망을 묻고
고이고이 새 생명의 씨앗을 보관하던
아픔에 꺾일 뻔했던 그 열정(熱情)이
소박한 소망으로 명맥을 이어가고
태양이 작열하고 매미소리가 번창하던 여름 내내
희망을 키우는 그들의 노력이 얼마였던가
이제 결실의 계절 가을이 와 그들을 보고
사람들의 눈이 즐겁게 그들을 노래하니
이 아름다운 자태를 만들었던
그간의 아픔과 노력들이
이러한 시간을 만든 우주의 변치 않는 섭리가
이리 아름다워 보일 수가 없지 않는고
그들이 아름다워 보일 때까지
인간들이 모르는 엄청난 풍랑(風浪)과 고통이
그 언저리에 묻어서 울고 있었으니
그 아픔과 울음의 언저리를 딛고

사람들이 웃는 세상을 자연스레 여는
스스로 소리내 자랑하지 않고 묵묵히 열고 있는
그들의 아름다운 존재 가치를
이제서야
가을의 알록달록한 정취(情趣)와 느끼고 있으니
슬프고도 이어이 즐겁지 않은가

2008.10.8

그림 속의 무덤

어제 가서
다시 만져 본 그 무덤이
오늘은 내 책상 앞에 있다
시간이 가면 없어지는
우리들의 존재 앞에서
무덤이라도 있으니
오매불망 그리운 마음
그림 속의 무덤과
대화로 녹이는구나
아무래도 이 무덤이
그냥 스치는 무덤이 아닌가 보다
저 하늘나라에서도
나를 가장 걱정하는
마음을 전하는 우주의 메신저인가 보다
그림 속의 무덤만 보아도
나의 아픔 너의 아픔을 모두 모아
어서 이 세상에
더 큰 그림이 와야 할 것이다

2008.10.9

오솔길 저솔길

우주의 진리가
성현의 가르침이
오솔길만 보고 가라기에
그리 숨도 쉬지 않고 달려와 보지만
오솔길이 끝나기도 전에
암초와 바위를 만나고
사람같지 않은 사람들이
짐승 같은 사람들이 득실거리는
저솔길로도 인도하니
오솔길만 보고 사는 사람들이
세상을 한탄하고 저솔길을 쳐다본다
오솔길만 보고 가도 정말로 좋은지
괜찮은 세상인지
하늘에도 물어보고 땅에도 물어보아도
아무도 답하는 이 없네
항상 미소를 머금고 있는
저 나무들과 새소리들만 귀에 들리고
아무리 간구해도
구원자의 소리는 들리지도 않네
이것이 삶이라면
오솔길이건 저솔길이건
무얼 그리 따질 건지

2008.9.29

영혼이 있는 그 자리

빨간색으로 무장한 너의 얼굴이
검은 매연 속에 숨어서도
자태를 잃지 않고 서 있는 것은
잃어버린 세태의 꿈을 찾아
안간 힘을 쓰며 말하는 무엇이
그 무엇이 사람들의 눈에 안 들어와도
생명이 없는 자동차에 콘크리트 빌딩에
고스란히 투영되는 것은
끈질긴 너의 정성이고, 생명이라
누가 너를 그저 빨간 꽃이라 했나
너는 꽃보다도 더 강인한 절대의 가치를 담고
무생명에게 마저 감동을 주는
이 세상의 마지막 노래인 것을
사람이 오히려 그것을 못 느낀다니
이 세상의 기본 논리는 잘못 가고
사람의 마음은 쇳덩이보다도
더 냉랭하고 모질게 되었음이라
이런 사람들 마음을 움직이려는
그런 너의 정성이 감동이니라

2008.9.22

코스모스를 가로질러

어제 하얀 눈이 덮여서
만주 벌판처럼 황량하던 그곳에
오늘은 가을의 코스모스가
가득 피어 있구나
이것저것 사연에 휩싸여
정신없이 지나가는 세월
세월보다 빨리 산다고
스스로 생각하는 우리들인데
마음의 눈이 녹기도 전에
코스모스가 이곳에 이리 많이 피었으니
이제 가을을 보고 있구나
우리는 세월의 참 뜻도 모르고
이렇게 바보처럼 살고 있구나
세월이 지나면 모든 것이 산화(散花)되어
기록도 없이 무(無)로 돌아가는 세상인데
왜 이리 허기지고 배고프게
우리가 무엇을 찾아가고 있나
그 무엇을 무엇도 아닌 무엇을

2008.9.19

고향을 마음에 두고

모두 다 고향을 향하는 마음이다
추석이면 생각나는 많은 사연들이
우리 모두를 고향으로 불러들인다
풍성한 선물을 담고 가는 고향 길이길
우리 모두 소원하지만
어떤 이는 마음을 더 크게 갖고
어떤 이는 큰 선물 꾸러미로
고향을 가는 것이다
이즈음 유독 북녘에 고향을 둔 실향민들은
북한체제의 변화에 대한 기대로
고향에 대한 그리움이 더 깊어진다
살아생전에 통일이 올 것인가
북한체제가 정상적인 국가로
살아생전에 거듭날 것인가
밤잠을 설치면서
살아생전에 북한 땅을
밟아 볼 것이란 희망을 더 크게 안고
이번 추석을 보내게 되었다
고향이 있어도
고향에 갈 수 없는 사람들의 마음
고향에 가면서도

아쉬움을 담고 가는 사람들
이런저런 사연을 묻어두고
추석은 다가오는 것이다
우리들의 추석은
어린 시절의 설레임으로
이렇게 다가온 것이다
북한 동포들에게도 추석다운 추석이 오는
새로운 세상의 도래를 기대하는 2008년이 될 것인지
추석(秋夕)을 기다리는 추석의 길목에서
추석을 즐겁게 노래하는 것이다

2008.9.11

우리라지만

우리라지만 말은 우리라지만
세상을 보는 눈도 살아가는 방식도
같지가 않은 세상이지
좋은 시절에는 모두들 우리라지만
나 주위에 조금 먹구름이 끼고
세상이 알아주지 않을 때
우리라는 단어는
어느새 남으로 둔갑되어
저만치 달아나 있네
차라리 우리라 하지 말고
차라리 남이라 하면
상처받을 마음도 없이
그럭저럭 천덕스런 한세상
살 수도 있으련만
답답한 세상이지
참으로 답답한 이질적인 세상이지
나의 외침이 담기는 곳이 없는 이 세상
차라리 기대도 하지 말걸
그냥 살 걸
누가 우리라 했나, 감히 누가

2008.9.2

서울사람의 얼굴들

서울에 사람이 많지만 다 같은 사람이 아니다
자신만 보면서 살아가는
가족만 보면서 살아가는
평범한 사람이 제일 많다
차라리 자연 상태로 간다면
초국가적인 영역으로 삶의 터전을 옮긴다면
미국이 어떻고 북한이 어떻고 대한민국이 어떻고 하는
갈등의 논쟁에서 멀어져 차라리 그냥 살아가면
자신과 가족을 위한 삶으로 그저 많이 모으고
재미있게 즐기는 언덕으로 우리 자신들을 몰아가면
누가 누굴 미워할 것도 없고
내가 너를 원망할 것도 없이
너도 나를 원망할 것도 없이
사람도리만 하고 산다면
우리가 더 행복한 삶을 살 수 있지 않을까?
바뀌지 않는 인간 삶의 바퀴 속에
서울사람들의 얼굴은 같아 보이지만
결코 같지가 않은 것이다

2008.8.22

바보 같은 물고기

대한민국의 산하가 아름답다
사람의 마음도 아릅답다
물고기를 잡는 마음은
이 아름다움을 파괴하는 것인가
관심을 가져야 할
관심을 더 누려야 할
주위의 존재들이 평소에 잊혀지고
헛것에 가려 보이지 않다가
거품을 걷어내고 사물의 본질을 보면서
그 사연이 보이면 흐르는 강물 속
고향 금강이 숨쉬는 곳에서
바위에서 족대로 채어 올린
그 민물고기도 사연이 보인다
쏘가리의 이별
똥자가미의 기억
똘치의 즐거움
뿌구리의 아픈 추억
나름의 애절한 사연
나름의 통렬한 사연
자연을 놀다가 사람이 사는 동네에 오면

갑자기 잊혀진 아픔이 보이고
사람이 우선이니 그 자연은 잊혀진다
이것이 역사이고 우리들의 삶이던가

2008.8.4

울산바위도 울고 있네

비구름 쉬어가다
미시령 고개 넘어
뒤를 돌아보며 다시 보는 울산바위
엊그제 금강 해변에서 울린 총성이
아직도 너 울산바위 귓구멍에
윙윙거리고 있나 보다
비구름이 날려도
당당하던 너의 모습이
언제부터인지 7월의 그 총성이 들린 후
항상 그렇게 슬퍼하고 있구나
어이하리
아무리 울산바위가 그 총성에 아파해도
정작 금강에서 오는 냉랭한 기운은
반성은커녕 냉랭한 미소로
서울 상공으로 날아들고 있으니

2008.7.28

할 말은 많아도

차창에 스치는 한강변의 풍경들이
무심코 스치기도 하지요
마음을 담아 응시하고 그곳을 보면
그들의 삶도 사연이 많다는 것을 알지만
그렇게 살펴보는 마음이
흔치 않은 시대에 살고 있죠
나는 나를 잘 알고 내 마음을 이야기하지만
세상사 우리가 우리 모습으로 투영되지 않고
때론 왜곡된 모습으로 남들 눈에 스치기도 하니
이것이 삶의 어려움이지요
세상은 변하지 않으나 우리들이 수시로 변하지요
너와 내가 하나가 되는 시간
우리가 하나 되는 시간
그 시간이 오면 내가 갈망하고
내가 얻고자 하는 것들이
하늘이 알고 땅이 알아
내가 그저 기다려도
내 품으로 올 수 있으련만
사람이 사는 세상이기에
오는 것도 더디게 오는 이 험난한 세상에

나와 우리들, 주위의 모든 것들이
때론 우릴 보고 세상을 보기에
그래서 어렵지요
나라와 민족을 외치고
우리들의 문제에 분개도 하나
때론 힘들은 삶이
이렇게 나의 어깨 위에
엄습하는 것이 무섭기도 합니다

2008.7.4

비틀거리는 민주주의

주말이 온통 시위소식인데 화초(花草)에 물을 주면서
광화문(光化門)의 몸살이 자꾸 스친다
이런다고 역사(歷史)가 다시 쓰이나
민주주의는 최선(最善)이 아니면
양에 안 차도 차선(次善)이라던데
만장일치(滿場一致)가 아닌 다수결(多數決)인데
차선이라도 갖고 간다면
그 민주주의는 진일보(進一步)하는데
연일 대한민국 심장부에서
전경과 시위대가 치고받는
갈등과 반목(反目)의 현장이
전 세계의 언론에 생방송으로 보여주는 지금
이것을 대한민국의 민주주의라고
자랑스럽게 이야기할 수 있는지
법 준수, 절제, 상대방에 대한 배려를 생명처럼 먹고 사는
민주주의 뿌리가 이렇게 폭력(暴力)과 비방으로
자신들만의 인식의 한계로 잘 자랄 수 있다는 것인지
도무지 이해가 되질 않는 시간이다
내가 키우는 화초(花草)만이
정직하게 나의 물음에 답하고 있나

2008.6.30

미리 맞이한 가을

장마철에 부는 바람에
갓 태어난 나뭇잎도
뿌리를 뽑히고 차 위에 뒹굴고 있네
이렇게 가을이 빨리 오다니
엊그제 하얀 눈이 멈추고
이내 봄나물 먹고 새로운 세상을 이야기했는데
어느새 가을이 왔나 스스로 중얼거리며
차 본네트에 널려진 나뭇잎을 보니
가을이 온다고 거짓말을 해도
가을이라 믿어야 하니
민주(民主)가 아닌데도 참 민주가 왔다고
떠드는 사람들 때문에
세상이 좋은 것처럼 믿어야 하나
이렇게 세상은 거짓으로 우리를 속일 수도 있는 것
가을인 줄 알고 가을을 노래하려고 하나
아직 한여름임을 알았구나
무엇이 진실이고 무엇이 거짓인지 알 수가 없구나
이렇게 또 속고 사는 세상
희망을 버리지 않고 순수하게 버티고 있지만
어느 누가 이 갈증을 속 시원히 풀어줄꼬

2008.6.18

세월아 산하야

이렇게 흐르고 있구나
비 온 날 실개천 물 흘러가듯
아무도 보지 않는 그곳에서
어제 피었던 꽃망울을 태우며
너는 혼자 이렇게 지고 있구나
누가 우리들의 삶을 길다고 했는가
지척에 피었던 그 꽃이 지는 줄도 모르고
이리 숨가피 달려온 시간이었던가
우리는 시간이 흐른다 하지만
정작 흐르는 것은 우리들 자신
젊음이 다해 가는 이 순간에도
항상 그랬듯이 세상은 항상 그 자리에
꽃이 있어야 할 시기에 꽃을 주고
비를 주는 날에 비를 주는
항상 그런 모습으로 곁에 있는 것을 왜 우리가 몰랐던가
세월아 산하야
너는 항상 그 자리에 있지만
언젠가 갑자기 우리는 이 자리에 영원히 없어질 것을
이렇게 빨리 흐르는 너 옆에서 아직도
스스로 갇힌 동굴 속에서 깨닫지 못하고 있구나

2008.6.17

그런 존재라면

원래 서울 빌딩 숲속에서
숨을 쉬고 살아간다는 것이
사람의 냄새도 맡고
돈 냄새도 맡고
권력의 냄새도 맡는
힘들고도 재미있는 일이지만
왜 무엇을 위해 그리하는지
깊은 깨달음이 없는 사람들이란
남 눈치 보고 누구 위에 뭘 자랑하고
그것을 위한 것이라면
먼 훗날 시간이 모든 것을
한 치의 오차도 없이 흔적도 남기지 않고
거두어 갈 터인데
아! 그래도 이타적인 삶으로
나보다는 타인(他人)을 위해
희생하는 사람들이 있기에
오염된 여러 환경 속에서도
인간 냄새가 나는 것이지
쇠고기 협상, 정부 반대시위
민족을 위한 투쟁 등등
구호도 거창하고 대단한 행동가들도 있지만

그렇게 갈등과 아픔 속에 피어나는 사람 꽃구경이
너무 힘들고 버거워 서울의 빌딩 숲을 벗어나
산으로 들로 지친 심신(心身)을 들고 나가니
거기 그곳에 하늘만 훤히 보고
바람에 날려 웃고만 있는 너도 있구나
이름이 뭔지도 모르고
근원이 뭔지도 모르지만
노란색만 있나
하얀색도 보라색도 빨간색도 주홍색도 핑크색도
다 입을 하늘로 벌리고
태양이 주는 양기(陽氣)만 받아먹고 있구나
서울 빌딩 숲에서 지치고 다친 심신(心身)이
너의 웃는 얼굴에 마음을 묻어 보니
비록 잠시라도 흙 냄새와 새소리에
마음을 놓고 너만 바라보니
이리 마음이 편한 것을
그런 존재라면 항상 그런 존재라면
나는 그곳에 영원히 편히 머물고 싶구나
그럴 수 없는 내가 안타깝구나

2008.5.29
* 산야(山野)에 핀 들꽃들과의 대화

봄 햇살과 한 사람

화진포의 봄기운이 묻어나는
김일성 별장의 언덕
화진포의 바람이 볼을 스친다
아무리 쳐다보아도
이리저리 둘러보아도
금강송(金剛松)에 묻힌 별장의 사연은
화진포 동해바다에 고스란히 묻혀 있다
아무려면 어떠리 6.25가 끝나고
이렇게 반세기가 흐르고 5년이 더 흘러도
그러저런 사연 다 접어두고
화진포의 바다가 너무 아름답다
주문진으로 향하는 길
들녘의 논두렁길을 따라
봄 햇살을 먹으며 걸어가는 그 사람
지금은 바로 그 사람 우리 아버지 같은
바로 그 사람이 더 중요하다
2008년도의 화진포를 일구는 평범한 숨결이어라
역사는 이렇게 흘러서 우리들의 마음도
이렇게 평범함으로 되돌아왔다

2008.4.27

마음은 그렇지 않아도

우리들의 마음은 그렇지 않아도
때론 소릴 지르고
때론 남을 험담하고
그렇게 살아가지요
마음은 그렇지 않지만
때론 때를 써 보기도 하나
울어 보기도 하나
시간이 지난 다시 뒤볼아보면
변한 것은 아무것도 없음이예요
영원히 변치 않는 것은
여름이 올 적에
봄이 올 적에
이렇게 계절이
한 치의 오차도 없이
변하는 세상뿐이지요
그 외에 이 세상의 일들은
변하는 것들이 너무나도 많이
우리 주위에 널려 있지요

2008.4.24

꽃, 꽃 그리고 또 꽃

너를 목청 놓아
아무리 불러 보아도 지치지 않는 나다
무심코 지나치는 차량행렬 옆길에도
너는 항상 그런 모습으로 존재한다
그렇게 아름답고 순결한 모습으로
달포 반이나 비를 만나지 못해
갈증을 풀지 못해 고통스러워하는 너의 모습에도
너는 너의 그 고귀한 영혼으로
저 높은 봄 하늘마저 다 담아내고
작렬하는 태양빛에도
너의 고귀함만 담아내는구나
마침내 네가 기다리던 단비는 떨어지고
그 즐거움을 이기지 못한 노오란 튤립은
바람결에 맞추어 신나는 왈츠를 추고 있구나

오늘은 너의 이름을 백 번 천 번
아니 천만 번 그렇게 힘차게
불러 보아도 그저 너의 그 순결만 더 커지는구나

나도 너의 마음을 담아서
같이 율동을 만들어서 춤을 추려 해도

민심(民心)의 바다를 거스르는 무도한 가짜무리들의 행태는
오늘도 나를 너의 아름다운 율동에 몸을 함께 맞겨
줄거운 춤을 추게 하지 못하는구나
꽃을 꽃이라 부르는 양심(良心)을 왜곡하는 사악한 무리들이
아직도 꽃의 아름다움을 보지 못하고
양심의 소리 순수(純潔)의 소리를 팔아서
자신들의 사욕(私慾)의 연가만 부르니
어찌 국민을 감동시키는 정치를 할꼬

오늘 너를 보는 나의 마음이 이렇게 즐거우나
꽃보다 못한 어떤 사람들의 마음을 보니
꽃을 꽃이라 부르는 내가 부끄럽구나

그러나, 어이 할꼬!
나는 나는 오늘도 내일도
네가 그렇게 순수한 마음으로
바람을 벗 삼아 비를 벗 삼아
사람의 노래를 불러간다면
나 역시 이 나라 이 민족이 가야 하는
양심(良心)과 정의(正義)의 노래를 불러야지
그래서 나는

너처럼 아름다운 꽃을 꽃이라
부르는 용기(勇氣)를 갖고
오늘도 진정한 민주(民主)의 노래
사랑의 노래를 부를 수 있는
진정한 봄을 기다리고 있음이라

2008.4.22
＊꽃을 꽃이라 부르는 나의 민심(良心)이 좋지 않은가?

같은 하늘을 이고 살아도

같은 하늘을 이고 살아도
봄에 사는 사람
겨울에 사는 사람
다 다른 삶을 살고 있다

아프리카에서도
아시아에서도
사람들은 각기 다른 삶을 산다

사람의 마음이 달라서가 아니라
세상이 사람을 다르게 한다

오늘도 병원에서 누워 있는 사람
자연 속에서 삶을 즐기는 사람
다 다른 인생이다
우리 모두
더 좋은 삶을 살아야 한다

2008.4.8

어머니

가슴속의 언어와 얼굴의 언어, 입속의 언어가
다르게 나오는 어머니
그래서 어머니지요

봄이 와서 좋다고 꽃이 피어서 좋다고
서로들 부둥켜안고 연인가를 부르는 이 시간

우리 어머니의 얼굴은
우리 어머니의 가슴은
무슨 근심으로 이리 까맣게 타셨는지요

말을 하지 않아도
몸서리를 치지 않아도
그렇게 어머니 마음은
이 아들의 마음속에
소리 없이 전달이 됩니다

소리 없이 이 연한 봄기운과 함께
이 아들의 가슴으로 스며듭니다

아주 고요히

2008.4.3

같은 시간대를 달려도

봄이 왔다고 맑은 햇살을 벗 삼아
봄노래를 외치는 사람들이 많아도
이 속내 저 속내를 들여다보니
이 맘 다르고 저 맘이 다르구나
봄이 되면 그리움의 노래를
우리 모두 다 함께 부를 수 있으나
그리움의 노래가 지나가면 봄에 기대는 우리의 바람이
다 같이 들려오지 않는 것은 어인 연유인고
'봄은 왔지만 진정 봄이 오지 않았다' 는
한 시구(詩句)가 우리 마음을 이리 적시는 사연은
하늘도 알고 땅도 알고
온 세상 만물이 다 알고 있구나
이제야 깨달을 수 있는 나
깨달을 수 있는 우리들
봄은 항상 아름답지만 이 혼탁한 세상에서는 때에 따라
아름답지 않을 수도 있다는 이 아픔
내 개인의 삶을 넘어선 우리 모두를 생각하기에
이리 아프고 봄도 이리 아쉬울 수 있다는 것
이것이 나의 삶이던가
나의 아픔이던가

2008.3.26

인왕산에서 부는 바람

그 많던 사람들이 세종로 어디로 가고
심야의 적막감이 인파들의 으르렁거림을 다 삼킨 지금
몇 사람만 보국안민(輔國安民)의 이순신 장군 상을 보고 있구나
이제 지난 10년을 지탱한 권력의 기운이 다 사그러들고
이제 수십 시간 후에 새 정권이 들어선다고
여기저기서 기대의 소리가 높아지고 있지만
인왕산 자락의 경복궁엔 역사의 슬픈 원혼들이
큰 통곡소리로 해야 할 일이 많다고 우렁차게 우는구나
이렇게 아직도 인왕산에서 부는 바람이 손등에 차구나
이것이야말로 민심이 아닐런지
백성들이 아직은 어렵고 힘들이서인가
희망을 갖고 새 시대를 기다리지만
아직은 차디찬 인왕산(仁王山)의 바람이 말하듯
국민들의 삶은 아직도 고달프다는 이야기
대한민국의 헌법정신, 정체성이 합법적으로 훼손될 때
이렇게 감정적 민족주의만으론 수구좌파의 이론으론
어떻게 우리가 선진화를 이루냐고
그렇게 재야인사로 외쳐 된 지난 5년
정치학자라기보다는 시민운동가로 그렇게
백성들의 아픔도 이들의 분노(忿怒)도 잘 체험한 시간이기에
지금 가슴에 기쁨과 아픔으로 더 무겁게 새겨지네

새 정권을 만드는데 힘써 달려온 길이지만
이 야밤에 세종로에서 만난
인왕산의 바람이 이렇게 찬 것은
이 바람이 온풍으로 바뀔 때까지
나나 이 정권이나 새 역사의 지평에서
아직도 할 일이 너무나 많다는
역사의 소리일 것
준엄한 명령일 것
우리 다 같이 좋은 시대를 힘껏 열어야 할 터인데
저 경복궁에 걸린 원혼들이 환하게 웃고
인왕산의 바람이 온풍으로 바뀔 때까지
더 힘을 합치고 백성들을 섬겨야 할 터인데
또 잘못하는 날이 오면 비판의 칼날을 들어야지
저 역사의 무겔 담은 충언(忠言)으로 소임을 다해야지

2008.2.23
*새벽 1시에 세종로에서.

이럴 때도 저럴 때도

어떻게 사는 것이 항상 좋을까
그럴 때도 저럴 때도 있는 것이지
오늘 안 좋다고 내일도 안 좋다고 할 수 있나
오늘도 좋고 내일도 좋으면 더 좋은데
오늘 안 좋다고 내일도 안 좋아질 수는 없는 것
살다 보면 이럴 때도 저럴 때도 있는 법
오늘 삭풍(朔風)에 걸린 저 초승달이
이렇게 추워 보이다가 봄이 오는 길목에서
진달래 냄새와 어우러지는 날이면
저 초승달도 전혀 외로워 보이지 않을 터
사람이 사는 것은
오늘 조금 덜 행복하고
오늘 조금 덜 가졌다고
타박만 할 수는 없는 법
이럴 때도 저럴 때도 있는 것이지

2008.1.30

숨이 가쁜 굴뚝 구멍

눈 내리는 새벽녘의 어둔 기운 속으로
두 개의 입에서 나오는 숨 가픈 연기를 본다
지금은 2008년도 1월 21일의 새벽 출근길
왜 이리 숨이 가쁜지도 모른 채
자동차들의 무거운 매연은
사람들의 숨을 더 가쁘게 만들고 있다
어디서 어떻게 숨을 쉬어야 할지
지구가 아프다는 소리일 것이다
지구도 아프니 사람들도 아파서
생명들을 일찍 버리고 있는 것이 아닌지
검은 연기 속에 묻은 수운 납덩어리가
한강 속으로 융화되면
숨 쉬던 물고기가 먹고 사람이 먹고
사람들의 목구멍으로
사람들의 목소리로
둔탁한 수은 소리
둔탁한 납 소리가 들린다
우리 모두 힘든 것이다

2008.1.21

불타는 사람

유류사고로 파생된 태안 주민의 아픔이 보인다
신문 1면에 불타는 사람이 보인다
몸에 시너를 뿌리고 자신을 태우고 있다
자신을 스스로 태우는 그 마음을
그 깊은 마음을 우리는 얼마나 알고 있나
사진을 보며 고통스런 분신자의 모습만 보고
삶의 희망을 포기한 한 인간(人間)의 고통을 보려 하지만
왠지 그 아픔의 깊이가 다가오지 못하는
물질주의 권력주의에 몰입된 현대인들이
벌써 아스팔트와 오랜 기간 친구가 되어서
이렇게 엄청난 사건이 눈앞에 펼쳐져도
사람의 모습으로, 인간의 모습으로
불타는 사람만큼의 아픔을 가질 수는 없는 법
불타는 사람의 그 아픔을 거울 삼아
좀 더 잘 하는 행정
점 더 진실된 행정이 구현되는
새 시대를 기대해 본다

2008.1.20

포기해서는 안 되는 것들

세상이 아무리 혼탁해도
우리가 포기해선 안 되는 것들이 있지요
현란한 수사로 왜곡되는
물질문명과 위선의 숲에서도
우리가 포기해선 안 되는 것이
내일이 오고 이 우주의 한 운하가
다 없어진 그 시점에서도
우리가 포기해선 안 되는 것들이
바로 우리 지척에 있지요
절대로 포기해선 안 되는 것이 있지요
그것은 바로 사람이 우선이라는
그 무엇보다도 인간이 우선이라는 소박한 믿음이
봄에 씨앗이 뿌려지고
여름 가을에 잘 커서
초겨울에 수확을 하듯이
우리의 이에 대한 믿음이
절대로 포기되어선 안 됩니다
바로 이것을 위해서
제대로 된 정치가 필요한 것이지요
바로 이것을 위해서

2007.11.27

어려울 때일수록

어려울 때일수록
사람들은 남의 이야기를 쉽게 합니다
나 자신의 모습보다는 남의 결점만 보고
어려울 때일수록
남의 이야기를 더 쉽게 합니다
아름답게 보이던 세상도 나의 아픔으로
세상의 역풍(逆風)으로 구조적인 힘에 치어
사람들을 더욱더 어렵게 합니다
내가 어렵게 살려고 하지 않아도
남들이 어렵게 산다고 하니
나도 어려워지고
세상이 어렵다고 하니
우리 스스로도 더욱더 어려워집니다
어려울수록 범사에 감사하는 마음으로
더욱더 바른 마음으로 정도(正道)를 가야지요
그것이 어려움을 이기는
나를 위하는 세상과의 소통이지요
우리는 어려울 때일수록 서로를 위로하며
그렇게 이 난관을 넘고
저 광명(光明)의 세계로 가야 합니다

2007.11.22

인생을 살아간다는 것

인생을 살아간다는 것은 힘듦이요
삶을 살아간다는 것은 아픔이기도 하지요
때로는 나의 의지와 나의 좋은 뜻을
세상에 전하기도 하지만
때로는 가려는 길도 막히고
때로는 오려는 길도 막혀
우리가 스스로 고립된 혼자만의 세계에서 방황도 합니다
아무리 좋은 뜻으로 세상을 살려고 해도
때로 우리는 폭풍우가 치는 언덕에서
홀로 고립되어 광야의 회오리를 견뎌야 합니다
이때는 그 누구도 나를 보지 않고
내가 저 먼 세상으로 홀로 걸어가야 하는 세상이지요
때로는 우리가 삶을 살면서
이렇게 힘든 폭풍의 골짜기를
홀로 지나야 합니다
그것이 삶이니까요

2007.11.9

어머니 2

감꽃이 영글어 홍시를 따 먹던
풍성한 가을이 오면
어김없이 감나무를 올라
홍시를 쫓다가 실족(失足)으로 낙목(落木)하여
팔이 부러진 큰아들의 비명소리에
신발도 신지 않고 수킬로 자갈길을
맨발로 달려오시던 젊은 날의 어머니
어느새 백발이 맺힌 어머니
오늘은 갖은 어려움을 이겨낸 할머니의 모습으로
힘겨운 삶의 무게를 세월 속에 묻었지만
뜻하지 않은 병마와 힘겨루기를 하는
안쓰런 모습을 보니 자식들의 마음을 어디 둘 길이 없네
말로는 효도하고 깊이도 없는 마음으로
표정으로 이리저리 아파하지만
그 내리사랑을 알 수 있을 만큼
아들의 효성이 다하는지 하늘에게 물어보며
오늘도 내림으로 자식사랑이
다 익지 않은 가슴을 쓸어안으며
다시 한 번
그 사랑의 힘을 되뇌이고 있네

2007.9.8

더 큰 마음으로 가야지

다들 목적을 갖고 살아가지만
여기 가면 저 이야기하고
여기 오면 이 이야기하고
다들 사람의 얼굴을 보고
사람 앞에서 서로 비슷한 사람이 되려고
이리도 웃어 보고 저리도 웃어 보는
거의 모든 사람들
나는 이래서 옳고 너는 이래서 틀리고
그래서 나는 내 길을 간다고
그래서 망한 사람들이 바로 우리 지척에도 많이 있거늘
하물며 사람들을 이끌어야 하는 지도자야
무엇을 더 말하리요
사욕은 다 버리고 오로지 국가와 민족을
생각하는 마음으로 훨훨 놓으면
전술 전략도 나오고
민심도 천심도 따르는 법
그렇게 하기를
간절히 간절히
온 삼천리 강산이 바라네

2007.5.10

민심(民心)의 바람

오늘은 북쪽에서 불고
내일은 남쪽에서 불 것이니
그 누가 어디서 글 바람이 불 것인지를 알리요
내년에는 서쪽에서
내년 그 이후는 동쪽에서
갑자기 불어올 수도 있느니
사람이 할 일은 튼튼한 움막을 짓고
겨우살이를 마련하고 이웃과 더불어 가는
마음의 도를 닦는 것이지요
누가 어디서 불 것인지
함부로 말할 수 있나요
이웃과 더불어 살 사람은
가끔 하늘도 어여삐 여기어
성난 바람이 어디서 불 것인지 미리 알려줍니다

2007.4.27
*4.25 재보선을 보고 느낀 마음.

| 주요이력 |

성명: 박태우(朴태宇)
생년월일: 1963년 음력 5월 17일(630517-1405811)
현주소: 경기도 고양시 일산서구 탄현동 1583 효성아파트 1501-1405
연락처: 집 031-922-6402, 사무실 1599~1550(주한동티모르명예영사관)
Mobile: 018-204-2953 E-Mail: t517@naver.com

* 학력/군복무

- 1982.2 대전고등학교 졸업
- 1982.3~1984.1 고려대학교 사범대학 국어교육과 2년 수학(안암동)
- 1984.1~1986.4 군복무(카츄사 입대, 육군본부 정보참모부 한미합동근무 병장 제대)
- 1987.3~1991.8 한국외국어대학교 정치외교학과 졸업(부전공:영어, 이문동)
- 1991.3~1993.8 경희대학교 평화복지대학원 동북아학과 졸업(국제정치, 전과정 장학생)
- 1993.9~1996.7 영국HULL대 대학원 정치학박사(국제정치경제, 영국 외무성 전장학금)

* 관계/정치권경력/외교활동

- 1997.10~1998.2 통상산업부 통상사무관 특채근무(박사특채)
- 1998.2~2000.5 외교통상부 다자통상국/국제경제국 외무관(ASEM, 경제협력, 협상담당)
- 2000.5~2004.2 국회 이인제의원실 보좌관(대선후보의전 및 통역, 통외통위, 국방위)
- 2004,4~2005.12 새천년민주당 4.15총선 국회의원 후보/지구당위원장(노 전대통령 탄핵)
- 2005.2~ 현재   한국민주태평양연맹(DPU Korea Chapter) 사무총장
- 2006.5.   5.31지방선거 대전중구청장 무소속 출마
- 2007.2~ 현재   주한동티모르명예영사(주한동티모르명예영사관 운영중)
- 2007.10~ 2008.8 한나라당 대통령선거 중앙선대위 부대변인/중앙당 상근부대변인
                  (이명박 대선후보 예비후보 정책특별보좌역, 부대변인 최다 논평)

* 학계/자문활동/문학활동

- 1996.7~ 현재　　외대, 숙대, 동국대, 명지대, 충남대, 한남대, 경희대, 국민대, 덕성여대 등 학부 및 대학원 강사, 겸임교수, 초빙교수(국제정치경제, 북한정치, 유럽정치 등)
- 2004.9~2005.2　대만국립정치대학 외교학과 방문교수(한국정치론 강의)
　　　　　　　　대만국립정치대학 국제문제연구소(IIR) 방문학자(동북아문제 연구)
- 2005.2~ 현재　　대만국립정치대학 외교학과 객원교수(수시로 한국정치론 강의)
- 2007.2~ 현재　　경남대학교 극동문제연구소 초빙연구위원
- 2008.4~ 현재　　여의도연구소 외교안보분야 정책자문위원(외교안보분과 간사)
- 2000.3~ 현재　　시인 등단 이후, 7권의 시집, 3권의 전공분야 정책도서 출간

* 언론기고활동/애국운동

- 2009.~ 현재　　인터넷 월간조선 「박태우 신부국강병론」을 비롯 국내의 동아일보, 문화일보, The Korea Times, JoongAng Daily 등에 수백 편의 국·영문 칼럼
- 2008.11~　　　900편의 안보칼럼을 집필한 공로로 대한민국재향군인회로부터 감사패를 받음
- 일산감리교회 권사로 재직 중

그동안 출간된 저자의 주요 저서는 10여 권이 있으며 그 외 다수의 문학작품(시)과 연구논문 등이 있다.

EU의 통상정책과 법
(유로통상연구회 공저)
2000.07 율곡출판사

Asia—Europe Meeting(ASEM)
(유로통상연구회 공저)
2002.04 앰애드

제1시집
당신이 나를 부르면
2001.08 도서출판 사임당

제2시집
내가 당신을 부르겠소이다
2002.03 도서출판 사임당

제3시집
그대들이 날 부르기에
2002.10 도서출판 문예

제4시집
이 세상과 함께 불러야 하는
노래들이 있기에
2003.05 연인M&B

제5시집
저 하늘 높이 날아가는 새처럼
2003.11 도서출판 문예

제6시집
아름다운 사람들 속에서
2004.06 연인M&B

칼럼집
진정한 동북아의 균형자란?
2005.06 연인M&B

칼럼집
다시 새벽이 오기에
2006.04 연인M&B

칼럼집
신(新)부국강병론
2007.07 연인M&B